Maître Luc est amoureux

Pour Darius et son grand frère,
vive la famille et les taties aussi !
M.

www.flammarion-jeunesse.fr

Éditions Flammarion – 87, quai Panhard-et-Levassor – 75647 Paris Cedex 13
ISBN : 9782081485693 – N° d'édition : L.01EJEN001647.N001
Dépôt légal : octobre 2019
Imprimé en Espagne par Liberdúplex – septembre 2019
Loi n° 49-956 du 16 juillet 1949 sur les publications destinées à la jeunesse

Maître Luc est amoureux

Texte de
Magdalena

Illustrations
d'**Emmanuel Ristord**

CASTOR POCHE

Réda
Léo
Basil
Samir
Fatou
Selma
Alice
Lou
Tim
Mia
Noé
Léa
Ana
Téo
Bob
Luc
Notre classe de CE1

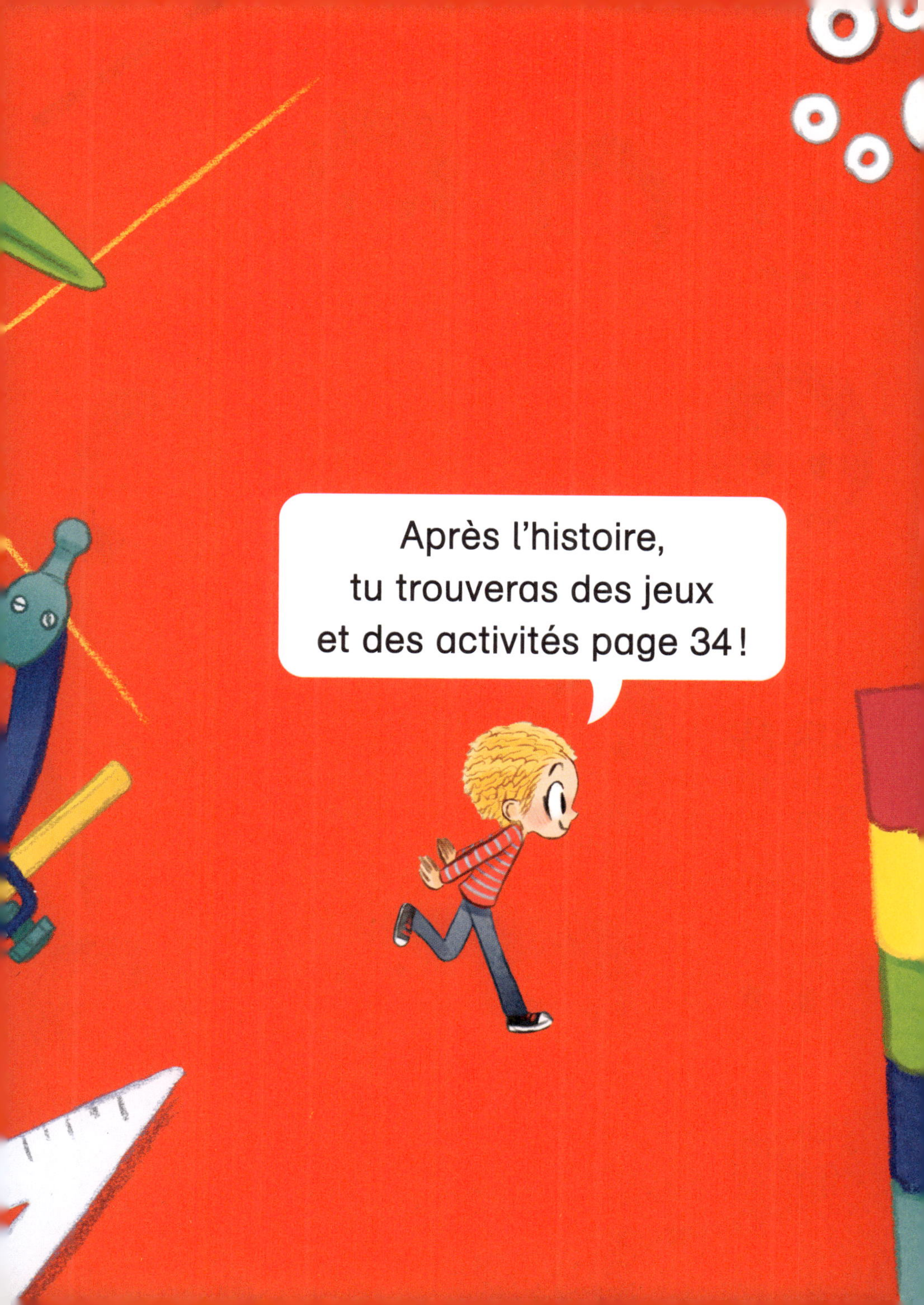
Après l’histoire, tu trouveras des jeux et des activités page 34 !

« Oh, glousse Léa, Maître Luc porte
une chaussette bleue
avec une chaussette verte.
– Et alors ? dit Ana. Tonton fait pareil.
– Moi, je crois qu'il est amoureux, insiste Léa.
– Hi hi hi ! rigole Ana.
Depuis quand tu t'y connais en amour ?
– Depuis que je suis amoureuse ! »
riposte Léa.

La réponse laisse Ana sans voix.

En classe, Ana dit à Alice :
« Léa est amoureuse. »

Alice le répète à Lou,
qui le répète à Fatou,
qui le dit à Selma.
Selma l'écrit à Mia.

Mia lit le mot à Basil, et Basil s'écrie :
« Mais de qui Léa est amoureuse ?
– Personne ne le sait », répond Mia.

Basil griffonne sur un papier :
« De qui t'es amoureuse ? »
Le mot circule dans la classe.

Quand Léa le lit, c'est l'heure de la récré.
Dans la cour, il y a un attroupement
autour d'elle.
« De qui, de qui ? crient Bob et Basil.
– Qu'est-ce que ça peut vous faire ?
Y a plus amoureux que moi ! »
dit Léa en montrant du doigt Maître Luc.

Pendant la récréation,
Maître Luc a le nez sur son téléphone.

« Regardez, il envoie des textos
sans arrêt, dit Léa.
– Et la maîtresse qui est de service
avec lui fait la tête, ajoute Ana.
– Elle est jalouse, dit Léa.
– C'est son amoureuse, tu crois ?
demande Mia.
– Mais non, son amoureuse,
elle est dans son téléphone », dit Réda.

Le midi, Maître Luc surveille la cantine.
Et Mia surveille Maître Luc.

Quand arrive le dessert, Mia voit que Maître Luc ne prend ni le flan, ni le fruit.

« Il mange pas le dessert, il est malade, dit Mia, inquiète.

– Mais non, il n'est pas malade, il est amoureux », répète Léa.

Après l'école, Léa marche avec Ana.
« Alors, c'est qui ton amoureux ? »
demande Ana.
Léa murmure quelque chose à l'oreille d'Ana.
« T'es folle ! dit Ana. Il est trop grand pour toi !
– Quand je vais être grande,
je vais me marier avec lui.
– Mais ce sera un grand-père !
– T'as raison, je vais changer », dit Léa.
Et elle et sa sœur ne s'arrêtent plus de rire.
Noé hausse les épaules.

Le lendemain matin,
Mia n'est pas dans son assiette.
« Qu'est-ce que tu as ? lui demande Léa.
– Rien, ment Mia.
– Tu serais pas amoureuse, toi aussi ?
demande Ana.
– Moi, je suis plus amoureuse,
je me suis trompée ! annonce Léa.
– Je suis pas amoureuse, j'ai peur
que Maître Luc parte avec son amoureuse
et nous laisse. Et je veux pas d'un nouveau
maître », répond Mia au bord des larmes.

1
2
3
4
5
6
7
8
cie

Soudain, un bruit de moteur fait sursauter Mia. Maître Luc est déposé à moto devant l'école.

« Qui conduit ? demande Basil à Bob.
– Sais pas ! répond Bob.
– Y a des cheveux qui sortent du casque, c'est son amoureuse », affirme Réda.

Le midi, la même moto vient chercher
Maître Luc.

Tous les élèves le regardent partir.
Mais avec le casque, personne ne voit
à quoi ressemble l'amoureuse.

À la cantine, tout le monde parle
de l'amoureuse de Maître Luc.

« Pour des amoureux,
ils s'embrassent même pas, dit Basil.
– Normal, ils ont les casques, répond Réda.
– T'es cap de demander au maître
si c'est son amoureuse ? veut savoir Basil.
– T'es fou ! répond Réda.
– Moi, je vais demander »,
dit Lou, qui veut épater Basil.

L'après-midi, Maître Luc regarde souvent sa montre.

« Il s'ennuie avec nous, dit Mia, toujours inquiète.
– Non, il est amoureux ! répond Basil.
– Et il veut rentrer chez lui pour dormir et rêver de son amoureuse, ajoute Tim.
– Mais non, dit Basil, il veut pas dormir, il veut partir pour aller la retrouver. »

48 + 36
+
32 + 56
+
42 + 18 + 22
+
+

Plusieurs fois, Lou tente de parler
à Maître Luc.
Mais elle n'y arrive jamais.

Au moment où elle pose enfin sa question,
un gros bruit de moteur couvre sa voix.
Et Maître Luc ne l'entend pas.

Bientôt, un garçon aux cheveux longs
entre dans la classe.
Il a son casque à la main.

Maître Luc dit :
« Te voilà enfin, tu es en retard,
comme d'habitude. »

Et il ajoute :
« Je vous présente mon frère,
il est en vacances chez moi
pour quelques jours.
Il est chanteur professionnel
et il chante mieux que moi.
Alors, pour finir la journée,
on va répéter nos chansons avec lui.
– Youpi ! » crient les filles.

« C'était vraiment super !
dit Ana en rangeant son cartable.
– Je crois que je suis retombée amoureuse,
dit Léa.
– Je sais, t'es amoureuse
de la fausse amoureuse de Maître Luc !
dit Ana en éclatant de rire.
Et t'es pas la seule ! »

Je joue pour bien comprendre

1 **Trouve les 5 erreurs** dans ce résumé du livre.

Les CE1 pensent que
Maître Luc est malade :
il se fait déposer à vélo devant l'école.
Et le conducteur a des cheveux longs
qui sortent de son bonnet…
Mais le motard,
c'est le cousin de Maître Luc !
Il est pianiste et vient aider
les élèves à répéter leurs chansons.

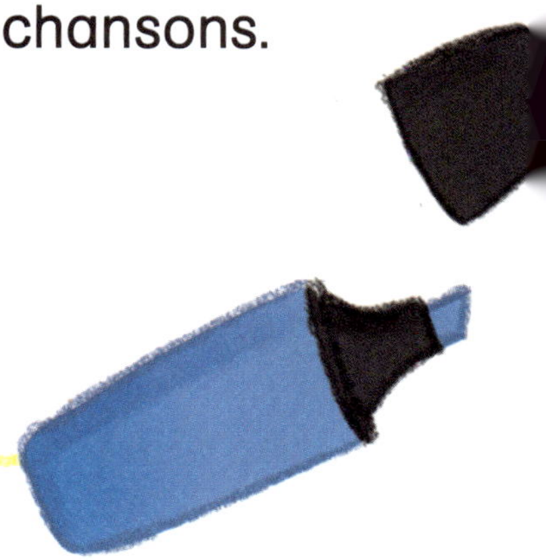

Réponse : malade = amoureux ; à vélo = à moto ; bonnet = casque ; cousin = frère ; pianiste = chanteur.

2 **Complète** chaque phrase avec le mot qui convient.

papier | dessert | chaussettes | chansons | messages | amoureux

1. Personne ne sait qui est l'...... de Léa.
2. Maître Luc porte des ...... de couleurs différentes.
3. Basil écrit un mot sur un ......, pour Léa.
4. Maître Luc envoie des ...... sur son téléphone.
5. À la cantine, Maître Luc ne prend pas de ....
6. Pour finir la journée, les CE1 répètent leurs ....

Réponse : 1. amoureux ; 2. chaussettes ; 3. papier ; 4. messages ; 5. dessert ; 6. chansons.

Je joue avec les sentiments et les émotions

1 **Relie** chaque image au mot qui correspond.

1. 

2. 

3. 

4. 

a. amitié

b. amour

c. colère

d. tristesse

Réponse : 1-b ; 2-c ; 3-a ; 4-d.

2 **Complète** les lignes du tableau avec le nom ou l'adjectif qui manque.

1	peur	peureux(se)
2	l'amour	……
3	……	ennuyeux(se)
4	……	inquiet(e)
5	la gourmandise	……
6	……	jaloux(se)

3 **Et toi ? Raconte…**

As-tu des copains qui sont amoureux ?
Comment l'as-tu remarqué ?
Est-ce qu'ils t'en ont parlé ?
As-tu déjà été amoureux ou amoureuse ?

Réponse : 1. la peur ; 2. amoureux(se) ; 3. l'ennui ; 4. l'inquiétude ; 5. gourmand(e) ; 6. la jalousie.

Retrouve les histoires de **Je suis en CE1**
pour t'accompagner tout au long de l'année
dans la maîtrise de la lecture autonome.

Premier jour de classe

À la bibliothèque

La photo de classe

Une dent perdue

Opération jardinage

Allez les champions !

Au poney-club

Tous à vélo !

Billes, toupies et compagnie

T'es plus ma copine !

La gorge qui grattouille

Maître Luc est amoureux

Visite au musée

Téo a une petite sœur

Selma veut danser

Le voyage à Paris

Quelles histoires as-tu déjà lues ?
Quelle est ta préférée ?
Lesquelles aimerais-tu lire ?

Découvre aussi

Les maths du CE1
3 titres parus

Je m'amuse pour bien lire

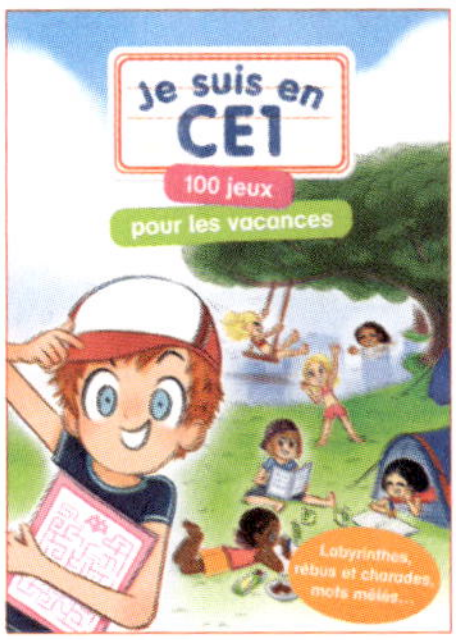

100 jeux pour les vacances

Les nouveaux copains

Si tu veux contacter l'auteure,
tu peux aller sur son blog :
www.magdalena-auteur.com